新雅兒童環保故事集

飛吧，飛吧，美麗的生命

周蜜蜜　著

目錄

序一 一封給小讀者的信

當你打開這本還散發着墨香的漂亮圖書時，你期望從這芬芳的故事裏，得到什麼呢？是美麗動人的生命故事，還是有驚無險的冒險體驗？是對奧妙無限的蝴蝶世界的探索，還是對地球上生存的人與萬物關係的思考？我會告訴你一句悄悄話：讀書，就得細心去解讀作者的心靈密碼，我們不僅只捕捉作者為我們鋪排的故事情節和線索，更應從文學作品的字裏行間中學習思考，培養一種探索和求知的精神。這樣的閱讀，帶給你的就不止是「有趣」這麼簡單了。

蜜蜜姐姐是一位非常勤勞的作家，在我眼裏，她就是一隻不肯停歇的、辛勞的蝴蝶呀！她展開着天真的翅膀，幾十年來，為我們孜孜不倦地寫下了《跳跳和妙妙》、《數碼公主愛網絡》、《小貓咪聯網》等數十部少兒作品。如今她又寫下了這本誘人的新作，將她動人的生命體驗化作文學

4

的樂章，撒向小讀者的心田。聽她說故事，我會感動於她那一種純真的努力，她是用孩子一樣率直天真的雙眼，去看周圍的一切，然後，她把聆聽自孩子心底的天籟，化為筆下的美好世界。

你看，作品一開始便引起了懸念——自由自在的美鳳蝶被引入了一場神秘的拯救行動。這羣美麗而慌張的蝴蝶究竟要去做什麼呢？為什麼會在郵政局出現一個令人討厭的瘦男人？接下來的問題是，奇怪的華老師為什麼會以「雙面人」的姿態出現？那美鳳蝶又怎樣墮入險境？她最後是怎樣逃過劫難的呢……故事一波推一波，把我們引入了一個既虛幻又真實的彩蝶世界中。

小說中的蝴蝶可謂千姿百態，美鳳蝶、虎斑蝶、電蛺蝶……在故事帶給我們奇趣而緊張的劇情之外，我們還意外地獲取了對小生物——蝴蝶的認知。作者巧妙地把我們引入了華老師的課堂——原來蝴蝶的種類和形態這樣多，牠們生得美麗而柔弱，這不代表牠們可以被欺凌和出賣；牠

們翩然飛舞的美姿，不等於人類可以為所欲為將之蹂躪。隨着情節的展開，我們開始關心蝴蝶的命運，開始聲援牠們，支持牠們的抗議行動，並與牠們站在一起。

當寫到美鳳蝶時，作者有這樣一段描述：「美鳳蝶的心情暫時還不能平靜下來。她不明白，對於蝴蝶來說，人類差不多是『巨無霸』式的生物，但是，為甚麼就偏偏容不下小小的蝴蝶，和其他的物種，一起好好享用地球提供的生命資源，互不相擾，和平共存呢？」親愛的小讀者，你能回答這個問題嗎？

故事中的蝴蝶們是這樣嚴厲的揭露人類的劣行：

「他們不是也承認蝴蝶是美麗，還進行美蝶選舉嗎？很多蝴蝶同伴都說，人類是可惡的地球霸主，但我等蝴蝶天生美麗，難道也是罪過嗎？」

我們人類聽了，會不會臉紅呢？我們會不會感到以大欺小、恃強凌弱的秉性是人類的恥辱呢？因此，我們不能不為作者的大聲疾呼而動容：「我們

除了要好好的欣賞蝴蝶的美態之外，還要好好的保護蝴蝶的生態環境，這正是對生命的關注和尊重。」

大自然的小動物像我們人類一樣，有着自己的生命軌跡，牠們是應該被保護、被疼愛、被關懷的，不是嗎？

閱讀是快樂的。

閱讀好書更是快樂的。

《飛吧，飛吧，美麗的生命》是作者向小朋友們奉獻的一本好作品，不僅表現了作者對蝴蝶作為一種小生物的生命的尊重，更表達了她對人類與大自然的和諧相處、和睦共存的真誠心願。在當今世界恐怖活動、戰爭威脅甚囂塵上之時，當人類的貪婪欲念無限膨脹、人心不古已成瘋狂事實的眼下，我們怎能不為這樣一本小小的兒童書，這一涓涓清流而欣喜感動呢？

我把這本書推薦給你，希望你也喜歡。

韋婭
著名兒童文學作家

7

序二　自然的美·真實的美

蝶兒，

彷彿沒有方向、左搖右擺、跌跌撞撞般的飛舞

但又準確地輕觸在花兒上

悄悄的出現，也悄悄的消失得無影無蹤

蝶兒呀，你從哪裏來，往哪兒去，從來不作一
點聲響

蝶兒，總帶一點神秘……

也許，

就是這神秘、這沉默、那千變萬化的色彩、豔
麗

深深地吸引着好奇的人們

來欣賞、讚歎、作詩、繪畫、拍照

為的，是要留下轉瞬即逝的美，和帶來的情趣

但，有的時候，過度的追求，追求完美的照片、
稀有的品種

變成無盡的比較、爭競，更演化成捕捉、禁錮、

俘虜

把卵、幼蟲、蛹、蝶兒化作人工化的模特兒

真正的強、真正的強者

在乎能夠堅持，堅持真實，堅持自然

堅持在天然環境中守候與蝶兒偶遇的喜樂、美善、興奮和回憶

作者周蜜蜜，巧妙地引用大埔鳳園蝶兒被捕捉、被盜取，以及義工環保團體捍衛和保育自然的真人真事，揭開故事的序幕；再由淺入深的讓讀者了解和認識怎樣去尊重生態和大自然的自主和自由。故事中加插了突變的角色和轉折，都帶來極大的懸疑感和趣味。

我，就被故事吸引得手不釋卷，一口氣讀完這本書。

邱榮光博士太平紳士
環保協進會總幹事
鳳園蝴蝶保育區暨鳳園文化及生態教育中心

第一章　冷豔小姐初登場

　　剛剛下過一場大雨。米埔紅樹林區上上下下裏裏外外，就像是被徹徹底底地清洗過，濕透了，也淨透了，發出清新爽利的氣息。

　　「呱呱，呱呱。」

　　一隻喝飽水的青蛙，在歡快地叫着，表示十分滿意。他清了清嗓子，準備唱一首讚美的歌。忽然，他感覺到眼前一亮，忍不住向着那光亮點縱身一跳——

　　「通！」青蛙隨聲掉入水中，那光亮點卻高高地飛起來了。

　　「哈哈哈！」

一羣基圍蝦笑彎了腰。

「好一隻傻青蛙，難道想和蜻蜓比翼而飛？真是異想天開！哈哈哈！」

青蛙一點兒也不羞惱，仰頭望着高飛的綠色亮點，豔羨地說：「真美麗！看那翠綠色的頭、翠綠色的眼，多像長了翅膀的綠寶石！我就是欣賞他！」

恰巧，一隻水鳥掠過水面，聽到青蛙的讚美，拍拍翅膀說：「講得不錯，這蜻蜓小巧玲瓏，一副翅膀就像透明的薄紗，我也恨不能擁有呢。」

「噓——你們看，那邊有一個更加美麗的倒影呢！」

一隻基圍蝦弓身一指，大家都一齊望

過去。

果不其然，一泓清澈的水，就像明鏡一般，映照出一隻豔光四射的美鳳蝶倒影。只見她一對精緻的翅膀上，以紅、白、黑三種奪目的顏色，勾畫出亮麗奪目的圖案。

她正在用針管般的口器吸水，但全身的姿態，優美得就像芭蕾舞明星。

「嗯，蝴蝶和蜻蜓，各有各的美態。」

青蛙說着，不知不覺游近了美鳳蝶的腳下。

「呱呱，可愛的美鳳蝶小姐，你真漂亮呀。全市美蝶小姐選舉，我鐵定投你一票。」

美鳳蝶冷冷地看了青蛙一眼，話也不說，就飛走了。

「真是個冷傲的傢伙。」

青蛙感到很沒趣。

「你可不記得，你的大嘴巴吃過多少蝴蝶幼蟲卵嗎？」

一條小魚提醒道。

「呱呱，誰叫他們的味道那麼好！」

青蛙伸伸舌頭，瞪大了凸眼看着美鳳蝶飛遠了。

第二章　逃出魔爪

美鳳蝶以舞蹈的姿態，一路向上旋轉飛舞。

她並不討厭青蛙的讚美，只是不想看他那貪婪醜怪的樣子。而且，美鳳蝶參加美蝶選舉，覺得對手太強，只能秘密練兵，不宜太過張揚。

於是，她急急地飛離了青蛙的視線。

「喂！小心看路！」

一個差點兒被美鳳蝶撞上的物體，發出了呼叫。

美鳳蝶嚇了一跳，回頭一望，原來是一隻滿身金黃色虎皮花紋的「女強人」虎斑蝶。

「哎呀，虎斑蝶小姐，明明是你自己橫

衝過來，還要説人家。」美鳳蝶不高興地説。

「我不是有意責怪你，也沒有時間跟你計較。救人如救火，請你讓讓路。」虎斑蝶説。

「救人？什麼人需要你去救呀？」美鳳蝶問。

虎斑蝶一刻不停地加速高飛，只丟下一句話：「你要是真的關心的話，就跟着來吧。」

聽了虎斑蝶的話，美鳳蝶想了一想，轉過身子，振翅隨着她飛去。她想不通，憑她的力量，怎麼可以「救人」？也正因為想不通，更希望知道真相。所以，美鳳蝶盡量跟着虎斑蝶，不斷地飛，飛，飛……

很快地，她們先後穿過了紅樹林區，又越過了一大片菜地。一幢幢的高樓大廈迎面

出現。

怎麼搞的？虎斑蝶竟要飛入人口密集的市鎮？所有蝴蝶都知道，大凡人多的地方，都是高度危險的區域。可是虎斑蝶為什麼要不顧死活地向裏面飛呢？究竟有什麼人，值得她冒險相救？

美鳳蝶正在想着，虎斑蝶已飛到一條街道，猛見有不少蝴蝶，包括銀線灰蝶、藍點紫斑蝶、電蛺蝶……等，都向着那條街道飛去。

美鳳蝶不能遲疑了，也快速尾隨他們。

轉眼間，虎斑蝶飛到一間郵政局門前。

啊，真不得了，這間郵政局裏面，蝴蝶多，人也多，亂糟糟的，就像被扔了炸彈似的。

「哎呀呀，這些自來的蝴蝶真美麗！我鍾意！我鍾意！」

一個男孩子欣喜若狂地跳起來，伸手要捉美鳳蝶。

「救命啊！」美鳳蝶嚇得尖叫。

當然，除了蝴蝶族類之外，人類是聽不見的。

「過來這邊，不要怕。」

一隻珀酊弄蝶及時地拉了美鳳蝶一把，逃過那男孩的「魔爪」。

「不要動！千萬不要碰這些蝴蝶。」

一名女子高聲說，把男孩子連同在場的所有人都鎮住了。

美鳳蝶懷着感激和敬佩的心情，打量一下那個人類女子：她很年輕，也很漂亮，白上衣下的花裙特別好看，上面似乎集中了各種美麗的蝴蝶花紋。不知道為什麼，美鳳蝶對於美麗的生物，

都有一種天生的好感。

　　然而，虎斑蝶和一羣蝴蝶們，同時聚集
在長櫃檯的一個郵包上，驚動了正在貼郵票
的瘦削男人。他兩眼一瞪，伸出一隻汗毛又
多又長的手來──

第三章 郵包煉獄

「住手！」

女子的聲音再次響起。

毛茸茸的男人手停住了：「是牠們自己飛過來的，我沒動。」

瘦男人喃喃地申辯。

「這個郵件有問題，應該打開來檢查。」女子向郵政局的職員說。

「裏面都是紙，沒問題。」瘦男人急忙解釋。

這時，虎斑蝶等一羣蝴蝶，圍着瘦男人和郵包四周打轉，旁觀的人也越來越多。

「請你把郵件打開，檢查之後再封包。」郵政局職員對瘦男人說。

「可是，我已經封了包，也過了磅秤，何必再麻煩！」瘦男人狡猾地說。

「再麻煩也要按照規定做，不通過郵檢的郵包就不能寄。」郵政局職員說。

「那……我就不寄算了。」瘦男人負氣說。

就在這時，郵包內發出一種「沙沙沙」的怪聲。

所有蝴蝶一起拍動翅膀，幾隻弄蝶還繞在他的頭上轉。

瘦男人一臉神色慌張。

「我看，這個郵包裏面一定有問題，就連蝴蝶也受刺激了，一定要打開來看。」女子說。

「看什麼，我不寄了，你有什麼權利來

21

多管閒事？！」瘦男人怒吼着，一手拿起郵包。

「這樣子見不得人，難道裏面裝着毒品？」有人質疑。

「千萬別放過了，快拆開來檢查！」有人大叫。

瘦男人更加慌張，亂推前面的人，硬要奪路而逃。

「慢着！」

郵政局職員阻止道：「既然你把這東西帶進了郵政局，現在又引起公眾不安，我們有責任來檢查。」

幾個旁觀者同時堵截了瘦男人的出路。他無可奈何地交出了郵包。

在眾人的目光注視下，郵包終於被打開

了——

　　只見一層薄紙，包着幾隻絹斑蝶，她們可憐兮兮地喘着氣，拍着翅膀，不甘心成為無辜的活死囚！

　　美鳳蝶和一羣在場的蝴蝶同伴看見這悲慘的情景，都嚇得一起驚叫、痛哭。

「你，你竟然郵寄活蝴蝶！這，這真是太殘忍了！」

年輕女子憤怒地指責瘦男人，緊接着，居然和美鳳蝶的同伴一樣，流出了眼淚。

在場的其他人，也大為震驚。

「華老師，他這樣虐待蝴蝶，要拘捕他！」

男孩子說着，站到華老師——那名女子旁邊。

其他旁觀者，也紛紛叫起來。

「不能這樣傷害蝴蝶！」

「快把郵包內的蝴蝶放出來！」

那個瘦男人鐵青着臉說：「你們不要逼我！我又沒有犯法！這些蝴蝶頂多在郵包內幾個小時，就會寄到我的朋友手上，不會死

的。」

「什麼？密封幾個小時不能呼吸，還不會死？那你不如鑽進去，密封幾個小時試試看！」一個大嬸指着大郵袋說。

「就是嘛，己所不欲，勿施於人，也不要施於蝴蝶！」

「還不快快放走那些蝴蝶？你是冷血的嗎？」

幾個聲音響起一同指責。

瘦男人的臉色更加泛青，說：「我寄蝴蝶給朋友，是有用途的，不能隨便放掉。」

「什麼用途？還不是利用蝴蝶來賺錢！這是喪盡天良賺的黑心錢，賺不得……」

人們七嘴八舌地說着。

美鳳蝶忽然感到一陣輕風掠過，原來是

那個男孩子何小言，他機靈地穿越人叢，貓腰走近瘦男人，把郵包的紙袋一下子撕開——

瞬間，那幾隻絹斑蝶重獲自由，飛了起來。

「好啊！」

人羣中響起了歡呼聲、鼓掌聲，但美鳳蝶和同伴們沒有細聽，他們一起護着死裏逃生的絹斑蝶，拚命飛離郵政局。

第四章　蝴蝶救兵

　　美鳳蝶跟着一羣蝴蝶救兵，和那不幸中的大幸者──幾隻絹斑蝶，一路飛出了市鎮，直至一片開闊的濕地，才減速停下來。絹斑蝶依然很虛弱，一邊躺在茂密的矮樹上歇息，一邊向捨命相救的蝴蝶們連聲道謝。

　　「說實在的，你們也太不小心了，怎麼會落在那瘦鬼男人手上，活活地被他拿去郵寄？真是太恐怖了！」一隻弄蝶忍不住道。

　　「唉，那個可惡的人類，簡直比魔鬼還陰險。就是在昨天，我們幾個姐妹到菜田採花蜜，忙得不可開交，一沒留神，就被一個隱形大網罩住……」一隻絹斑蝶唉聲歎氣說。

　　「真惡毒！」虎斑蝶氣憤地罵道。

「更可怕的還在後頭呢！」另一隻絹斑蝶接着說，「瘦鬼男人捉住我們之後，就打電話到台灣，要把我們賣給一個商人當什麼『活的展覽品』，還硬生生的把我們全部放入紙囚室──那個郵包內，弄得我們要

生不得，要死也不能。要不是你們趕過來，我們肯定沒命了。」

「是啊，謝謝你們冒險相救，我們會好好報答各位兄弟姐妹的。」幾隻絹斑蝶同時說。

「都是同伴手足，不要講什麼報答的話。總之，無論是誰遇到危難，能盡力相救的，我們就是犧牲自己，也一定要去救。」電蛺蝶堅定地說。

「完全正確。最可惡可恨的還是那些傷害我們同胞的人類！不是在熱帶雨林亂噴殺蟲劑，對我們的族類趕盡殺絕；就是把我們當作商品，令我們受盡折磨，真是越來越過分。我們也應該想一想，怎麼可以懲罰這些惡毒的人類。」虎斑蝶忿忿不平。

「我也這樣想，人類沒有一個好東西，即使我們不能懲罰他們，上天也會懲罰他們的。」一隻弄蝶說。

「不過，剛才不是也有一些人類在維護我們嗎？好像那個年輕女子，還有那些逼使瘦男人放出絹斑蝶的人們。」美鳳蝶說。

「那也不一定，或者，他們是另有目的。總的說來，人類是信不過的生物霸主。」虎斑蝶說。

「講得對。美鳳蝶妹妹，你不要把人類看得太簡單，他們詭計多端。身為蝴蝶，要保存自己的性命，還是要小心避開人類為上。」藍點紫斑蝶說。

「好了，我們不要在這裏聚集太久，免得成為人類追蹤的目標，馬上解散吧。」珀

酣弄蝶説。

　　「是的。我還得趕去看看樹葉上的卵，可別讓人類破壞了。」電蛺蝶説着，首先飛開了。

　　「我也要回家看看小幼蟲。」銀線灰蝶跟着告辭。

　　其他蝴蝶，紛紛散去。

第五章　豔光四射的稀客

　　美鳳蝶離開濕地，獨自飛到一個池塘邊，照看一下自己的翅膀，檢查上面的彩色鱗片，確定了沒有脫落，才長長地舒一口氣。

　　剛剛經歷的事情太刺激了，美鳳蝶的心情還不能平靜下來。她不明白，對於蝴蝶來說，人類差不多是「巨無霸」的生物，但是，為什麼就偏偏容不下小小的蝴蝶，和其他物種好好享用地球的生命資源，互不相擾，和平共存呢？他們不是也承認蝴蝶是美麗，還進行美蝶選舉嗎？很多蝴蝶同伴都說，人類是可惡的地球霸主，而我等蝴蝶天生美麗，難道也是罪過嗎？

　　美鳳蝶望着水中自己色彩鮮明的翅膀倒

影，心中湧起一陣悽楚的感覺。一陣微風撩起池塘的波紋，她絢麗的倒影化開來，令她產生一種錯覺，彷彿看見一團花裙子浮游在水裏——那花裙子的女主人呢？美鳳蝶想，那不也是一個愛美的人嗎？唉，總不能把她歸入醜惡可怕的人類中去吧。

正當美鳳蝶想得入神之際，池中的水鏡忽然一亮，現出一個大大的優美蝶影來。

美鳳蝶「喲」地叫了一聲，抬起頭兒一看，一隻體態近乎完美的裳鳳蝶翩然而至。

她可是一位稀客呢，看她多麼漂亮呀，

黑絨似的翅翼上，泛起燦爛奪目的一片金黃，連陽光也為之失色呢！

「裳鳳蝶姐姐，你真美麗！是什麼風把你吹來了？」美鳳蝶問。

「你真會開玩笑，美鳳蝶妹妹。我山高水遠的從大嶼山飛過來，只為採些新鮮的花蜜回去。要說美麗的話，你也是排頭位的嘛。順便告訴你，剛剛，我才大開眼界呢！」

「開什麼眼界？有蝴蝶選美會看嗎？」美鳳蝶精神一振。

「不是。那比選美會精彩得多了。」

「真的嗎？能有機會，我也想看一看。」

裳鳳蝶豎起尾部的抱握器，指着一個方向說：

「你向着那邊飛，看見一間屋子，就會

有好戲看了。我不陪你啦，你自己小心一些
吧。」

裳鳳蝶説完，匆匆飛走了

「比選美會精彩得多」？這實在太吸引
了！美鳳蝶毫不猶豫，馬上向那間屋子飛去。

看來，這似乎是一間學校。但美鳳蝶看
見的教師、學生並不多，也許是放學了吧，
不少課室的門、窗也關閉了。

問題是這個地方，怎麼會和蝴蝶有關係
呢？

美鳳蝶實在不明白。她小心翼翼地邊飛
邊探頭看。

當她飛到一扇打開的窗前，放眼一望，
卻驀地愣住了：

啊！怎麼會是她？

第六章　探訪學校

透過打開的窗口，美鳳蝶看見的，正是在郵政局見過的年輕女子華老師。此刻，她正站在一班學生面前，指畫着身後一個巨大的熒光幕。上面顯示出各種各樣的蝴蝶影像，花枝招展，千姿百態。其中有的，是美鳳蝶見所未見，聞所未聞的呢！

「這是美洲赤蛺蝶。」

「亞歷山大里亞后鳥翅蝶。」

「大型銅蝶……」

華老師不斷報出蝴蝶的種類名稱。所有學生，連同美鳳蝶，都看得入了迷。

過了一會兒，華老師停下來，對學生們說：「關於蝴蝶，大家有什麼問題要提出來

的嗎？」

「有！」

隨着這響亮的聲音，美鳳蝶看見一雙烏溜溜的黑眼珠——不就是那個機靈的男孩子嗎？

「何小言，你站起來說吧。」華老師說。

「蝴蝶在地球上生活，有多長的歷史？」

「早在地球上還未有人類之前，就已經有蝴蝶活動了。蝴蝶這種昆蟲，經過數千萬年的演化，是世界上最成功的生物之一。」

世界上最成功的生物之一？

美鳳蝶聽了華老師的話，心中一動，自己的族類，真的很值得驕傲！

只聽華老師又說：「我們中國古代的詩人，曾寫過不少甜美蝴蝶的詩句。南朝梁簡文帝也寫過詠蛺蝶詩……」

「我知道！」

這一次，舉手的是一個女孩子。

「王雅麗，你站起來唸一下。」華老師說。

女孩子站起來唸道：
「復此從鳳蝶，
雙雙花上飛，
寄語相知者，
同心終莫違。」
美鳳蝶不大懂得詩句
的意思，但隱約聽見自己的名字，也有些感
動。

　　人類的帝王也寫詩讚美
蝴蝶，真不得了！美鳳蝶不
由得心花怒放。

　　華老師又說：「幾個世紀
以來，我們的祖先不但早就
懂得欣賞蝴蝶，而且，還
會餵養蝴蝶，讓蝴蝶

更好地繁殖生長。到現在，美國有蝴蝶樹；
墨西哥有蝴蝶谷；我們中國有蝴蝶泉。」

「還有還有……」

那個機靈的男孩子何小言再次舉起了
手。

「你想說什麼呢？」華老師問。

「我想說，還有香港新界的蝴蝶園，華
老師你不久前才帶我們去參觀過呢！」

「不錯。我們除了要好好地欣賞蝴蝶的
美態之外，還要好好地保護蝴蝶的生態環境，
這正是生命對生命的關注和尊重。」

聽華老師講到這裏，美鳳蝶的心裏很舒
坦。

這時，又有一個男孩子舉手。

「楊國榮，你有問題嗎？」

「我想知道，世界上哪一種蝴蝶最大？」

華老師一指屏幕上的新畫面，說：

「看，這是新幾內亞的亞歷山大里亞后鳥翅蝶，翅膀的寬度有二十八厘米。」

「嘩！豈不是像一隻大鳥那麼大嗎？」

「就是啊。」

「真厲害！」

學生們發出一片驚歎聲。

一個女孩子舉手提問：「那麼，全世界最小的蝴蝶是哪一種呢？」

「小藍灰蝶，翅膀只有一厘米寬。」

「喲，好小，像隻小昆蟲似的。」

「華老師，現在世界上有多少種蝴蝶？」

「到目前為止，科學家已發現了二萬多種不同的蝴蝶。」

「我們香港的蝴蝶……」

「華老師，我在網上查過，約有238種，佔全中國蝴蝶品種的六分之一。」

「嗯。大家還可以想一想，自己在香港曾經見過哪些蝴蝶？」

「我見過虎斑蝶。」

「我常常看見白色的東方菜粉蝶。」

「還有一種很好看的，哈！這麼巧，外面就有一隻啦，是美鳳蝶！」

那個名叫王雅麗的女孩子，目光銳利地一掃窗口，指出美鳳蝶的所在。

「看到了！看到了！真漂亮！」

很多孩子大叫起來。美鳳蝶又羞又怕，急急地飛開了。

第七章　遇上隱形高手

　　雖然被孩子們認了出來，嚇得一驚，但美鳳蝶還是滿心歡喜的：她親眼看見一群善良的人類，真心真意地要了解蝴蝶，愛護蝴蝶，這實在令她感到振奮！

　　「啦啦啦……」

　　美鳳蝶一開心，就輕輕地哼起一支快樂的曲子。

　　「嘿，美鳳蝶妹妹，碰上什麼好事情，這樣高興啊？」

　　一個好聽的聲音飄過來。

　　她抬頭一看，是裳鳳蝶。

　　「裳鳳蝶姐姐，你採完花蜜了？」

　　「是啊，這次收穫豐富。你呢？遇到了

44

稱心如意的事吧？」

「這還要多謝你的好介紹呢，讓我看到了世界上最可愛的一幕！」

美鳳蝶美滋滋地複述了從窗口看見的一切。

「太好了！世界上有這麼善良的人類，如果真的能和他們交朋友，那就是一種莫大的幸福！可是現在我要趕回大嶼山的家去，不能和你多聊，下次有空，我們再一起去探訪那些可愛的人類吧。再見！」

「再見！」

和裳鳳蝶道別之後，美鳳蝶才驚覺，已經是黃昏了。她也要飛回樹林裏過夜。於是，她振動翅膀，看見天邊的晚霞，像堆花砌綿似的，層層疊疊，美不勝收。

她一揚翅，就想飛去雲牀做個美夢！歡喜的曲子，不經意又溜出了口：

「啦啦啦……」

「不要高興得忘了形！」

一個沙啞的聲音，突然在她頭上像敲破鑼般刺耳。

美鳳蝶一驚，停了下來。

四周景物，沉寂一片，看不見任何生物。

奇怪，那沙啞的聲音從哪裏發出來呢？會不會是幻覺？

美鳳蝶想了想，說：「剛才是誰說話了？要警告小妹嗎？為什麼不現身呢？」

沙啞的聲音回應：「我一直在『現身』嘛。從你和裳鳳蝶說話的時候起，我就坐在你身旁。我是要告訴你，天真的小妹妹，這個世界的大霸主正是人類，他們一點兒也不善良。千萬不要被他們矇騙了，要不，吃虧的就是你自己。懂嗎？」

就在沙啞的聲音發表一番「嚴正」的言論時，美鳳蝶終於看清楚，來源是在她附近的一塊「枯葉」上——那其實是伏在樹枝下

的一隻枯葉蝶。她正要答話，卻被一個外來者搶先說了。

「就是啊，所以，我們即便是睡覺，也要做出睜開眼的樣子。」

剛剛飛來的矍眼蝶接過話頭，大聲表示贊同。他身上的翅膀，有着大大小小的眼睛花紋。飛行的時候，每隻眼睛都彷彿在不停地眨動。

「矍眼蝶小弟弟，全蝴蝶類就數你最醒目！你的保命眼紋，真是萬無一失。」枯葉蝶讚賞道。

「我覺得，你的偽裝才是最巧妙的呢，枯葉蝶大叔。說實在的，在人類主宰的世界，我們蝶類要想生存下去，不時時刻刻打醒十二分精神怎麼行？我有一位非常好的燕鳳

蝶朋友，不久前被可惡的人類活活地刺殺了，還製成標本。可憐他一副高飛的姿態，永遠被固定了……」

美鳳蝶聽着矍眼蝶悲痛的控訴，感到他身上的每一隻眼睛都在淌淚。

「這真是血和淚的教訓。」

枯葉蝶的破鑼嗓子，落在美鳳蝶心頭，令她分外難受。

矍眼蝶翅上長了大大小小的假眼紋，遠看就如貓頭鷹的大眼睛，瞪着別人，把敵人嚇走。矍眼蝶不愛訪花，飛行較迅速，路線不規則，常活動於樹林邊緣及林間陰處。

第八章　偉大媽媽與拚搏英雄

　　為了安全一些，美鳳蝶找了一個樹洞，小心翼翼地睡在裏面。

　　然而，這一個夜晚，她不斷做夢，睡得很不安穩。

　　「樹枝點火，樹枝點火。」

　　美鳳蝶被一個古怪的聲音吵醒。

　　她睜眼一看，原來是飛過樹頂的一隻小鳥在鳴叫。

　　晨光像仙女隨意撒下的鑽石飾物，遍布樹林，閃爍耀眼。

　　又一天來臨了。

　　美鳳蝶小心地整理一下翅膀，再探頭向樹洞外張望。

「吃吧，吃吧。吃過以後，不要來騷擾我的寶寶。」

那是銀線灰蝶媽媽，她正在對幾隻爬到她幼蟲附近的螞蟻說話。為了防止螞蟻襲擊，她教幼蟲們釋出甜津津的糖分，讓螞蟻飽餐。為了化敵為友，他們真是用心良苦呀！

「早上好！」

美鳳蝶飛出樹洞，向銀線灰蝶打招呼。

「早上好，美女蝶！」銀線灰蝶回應道。

「不是美女蝶，是美鳳蝶。」一個新的聲音糾正說。

原來是剛飛來的電蛺蝶，他抓緊時間，敏捷地在一朵新開的鮮花上採蜜。

「電蛺蝶大哥真勤勞，這麼早就出來開工了。」美鳳蝶說。

「當然，他的拚搏精神，連人類都佩服得五體投地呢。」銀線灰蝶說。

「是真的嗎？你怎麼知道的呀？」美鳳蝶問。

「我偷看過人類的電腦網頁，有不少人投票選電蛺蝶為『拚搏英蝶』。」銀線灰蝶說。

「那電蛺蝶大哥是當之無愧的！」美鳳蝶由衷地說。她馬上想到華老師和她的學生

們，人類也有真心熱愛蝴蝶的一輩吧？

清風拂過樹梢，美鳳蝶感到有一種舒適的快意，她仰起頭，展開翅膀，直向上飛。

「美鳳蝶姐姐，請小心看路！」

一個響亮的聲音，飛入美鳳蝶的耳際。

美鳳蝶迅速地閃過一邊，看見有一隻青斑蝶，正急匆匆地飛來。

「青斑蝶小兄弟，你為什麼這樣子匆匆忙忙的啊？」美鳳蝶問。

「我們有大隊人馬要從這裏飛去離島操練，我要負責探路。」青斑蝶頭也不回地說着，飛了過去。

「操練？為什麼要操練？」美鳳蝶好奇地追上去問。

「準備參加下個月舉行的離島蝶運會！」青斑蝶還是沒有回頭，把聲音拋在後面。

「離島蝶運會？知道了！那可是一件盛事啊。」

美鳳蝶愉快地在一棵高樹上落腳，只想在這裏歇一會，等待大隊青斑蝶經過，看看他們的「威勢」。

第九章　殺手再現

「喂喂，你聽得見我說話嗎？」

一個人類的聲音，從前面的路上傳來。

美鳳蝶警惕地躲入枝葉茂密的樹叢中，透過樹葉之間的空隙，向來者張望。

又是他，那個惡魔似的瘦男人！美鳳蝶一看見他那副討厭的嘴臉，就嚇得全身顫抖，連大氣也不敢出。

只見瘦男人拿着手機，扯着喉嚨繼續説：「告訴你吧，我已經查探到一條青斑蝶的新蝶路，相信很快就能得手。我拿到這批貨之後，或許就會親自給你送過去，保證沒差錯，那絹斑蝶被放走的損失，一定可以賺回來……」

什麼？他又要下毒手，在這裏截捕青斑蝶？

　　美鳳蝶只覺得頭上像被人用棍子猛打了一下，「嗡」地很痛很痛。這個瘦男人太惡毒陰險了，千萬不能讓他的詭計得逞！不能！

　　她爬起來，想偷偷飛去通知青斑蝶，可是，來不及了！一個青色的影子，在前方的樹蔭掠過，正是那隻探路的青斑蝶，他不幸被瘦男人發現了！

　　「好啦！我不和你多話，有動靜！」

　　瘦男人興奮地說完，就去追蹤青斑蝶。美鳳蝶這才看清楚，他的一隻手上，拿着一桿捕蝶網。

　　「喀嚓！」

一聲怪響，朝着青斑蝶發出。受驚的青斑蝶，立刻衝上空中。

「撞鬼了！你來做什麼？」

瘦男人向着發出怪聲的地方，惡狠狠地叫罵。

「你又來做什麼？」

提出反問的，是一位女子。她拿着一個照相機站起來，美鳳蝶看見她的面孔，啊！是那個美麗的華老師！

「是你！」瘦男人也認出來了，氣惱地說：「你為什麼專門跟我作對？昨天硬是要放走我的絹斑蝶，今天居然到這裏來跟蹤我，還嚇走我的青斑蝶！」

「你有沒有弄錯？我根本不認識你！為什麼要跟你作對？為什麼要跟蹤你？我來這

裏，是為了拍攝蝴蝶的美態。你有什麼權利獨霸大自然的生物？真是莫名其妙！」

「你不要裝模作樣了。這條蝶路明明是我發現的，你來，就破壞我的好事。看，蝴蝶都飛跑了，蝶路也沒了影。你，你真是個大剋星，氣死人！」

瘦男人望着飛遠的青斑蝶，指天畫地，跳着大罵。

「住嘴！你這個無賴，蝴蝶明明是被你嚇走的，還這樣蠻橫無理。」

華老師也很生氣，咬牙切齒地痛罵。

瘦男人張口結舌，像個洩了氣的皮球。

華老師瞄一眼他手中的捕蝶網，冷冷一笑，說：「哼，也虧你想得到，偷襲蝶路截捕蝴蝶，真夠絕的！」

藏在樹叢後面的美鳳蝶，這時候看不清華老師臉上的表情，但聽她說話的口吻，似乎和昨天分別很大。

　　「這，這不關你事。」瘦男人有些作賊心虛，收起捕蝶網，邊走邊嘟囔：「你走你的陽關道，我行我的獨木橋，各不相干⋯⋯」

　　華老師盯着他的背影，搖搖頭，朝相反的方向走。

　　直至確定這兩個人都走遠之後，美鳳蝶才飛出來。

　　四周靜悄悄的，彷彿什麼

事情也沒有發生過。可是，兩個華老師的影子——昨天的和今天的，卻交錯地在美鳳蝶的記憶中出現：昨天的華老師，在郵政局裏，面對活寄蝴蝶的瘦男人，顯得那樣大義凜然。在課堂上，她對學生們說出要好好欣賞蝴蝶，好好愛護蝴蝶的美麗言詞，又是那麼優雅動人。但今天，她為了蝶路的發現，和瘦男人就像火星撞地球，與昨天的她，簡直判若兩人。

這究竟是怎麼回事？

　　美鳳蝶搖一搖頭，她覺得人性太複雜，自己就是有一百個腦袋，也弄不明白。唯一值得慶幸的，是青斑蝶及時逃過了人類的魔掌。只可惜，今天看不到青斑蝶大隊的操練，還得等到離島蝶運會正式開幕時，再去見識了。

第十章　果園陷阱

距離舉行離島蝶運會的日子越來越近了。由於吸取了青斑蝶被人類伏擊的教訓，許多蝶隊紛紛轉移場地操練，甚至分散行事。事實上，也不止是操練，就連日常的活動，蝴蝶們都提高警覺，不會在固定的地方出入。

這是一個陰沉沉的日子。美鳳蝶飛了幾個地方，都採不到蜜。直至午後，肚子還是空着呢，肚皮都快餓得要貼到後背上去了。

「美鳳蝶妹妹，你的精神怎麼這樣差？還沒吃午飯吧？」

一個親切的聲音向她飄來。

美鳳蝶定睛一看，是裳鳳蝶姐姐，便有氣無力地說：「唉，都怪人類作惡多端，把

我們的生活秩序都打亂了。現在，連吃的花蜜都難找得到。」

「別發愁，我知道有個好地方，可以採到美味的花蜜。」

「真的嗎？你能馬上帶我去？」

「當然，包管你能吃個飽！」

她們一前一後地飛着，飛過樹林，飛過蔗田，飛過農場，再飛到一個橙園。

清香的味道，隨風送來。那是剛剛開放的橙花發出的，美鳳蝶深深一吸，只覺心、肺、肚、腸都被熏香了。

「真好啊，裳鳳蝶姐姐，你是怎麼發現這個地方的？」

「我上次來新界採蜜時，就來過這裏。為了採集這麼好的橙花蜜，我就是天天從大

嶼山飛來也值得。你不是餓了嗎？快採快吃吧。」

「是。謝謝姐姐！」

美鳳蝶調皮地行了個禮，便一頭飛入橙樹叢中去。

裳鳳蝶也在一旁忙開了。

好清甜的橙花蜜！美鳳蝶喝下第一口之後，就捨不得離開了。她和裳鳳蝶盡情地採啊，喝啊。

　　「哎呀，不好了，我是不是吃得太飽了？看這天、這地，怎麼好像傾斜了呢？」

　　美鳳蝶說着，從一株橙樹上滑落到地下。

　　「糟了，我也頭暈得厲害！」

　　裳鳳蝶應聲倒在橙樹腳旁。

　　「Vi……Vi……Vi……」

　　隨着得意洋洋的口哨聲，一個瘦削的男人身影，像鬼魅般閃現。

　　「慘！有人來了！我們快飛！」裳鳳蝶緊張地說。

　　美鳳蝶努力地要

舉起翅膀，但卻像被抽去所有的外骨骼一樣，丁點兒力氣也沒有。

說時遲，那時快，裳鳳蝶這邊廂翅膀未展，就一下子落到瘦男人揮動的捕蝶網中。

「救——命——」美鳳蝶掙扎大叫，不料另一個捕蝶網，已立即將她罩住。慌亂之中，她透過紗網，竟然瞥見華老師的笑臉，還雀躍地說：「真棒！這是我的！」

美鳳蝶不敢相信自己的眼睛，卻又不得不相信自己的眼睛，痛苦極了。

「喂喂喂！你怎麼又來捉我的蝴蝶？」

瘦男人像被蜜蜂刺着了的跳起來，呱呱叫。

「你這人真可笑，哪一隻蝴蝶身上刻着

你的名字？怎麼會是你的？」華老師冷笑道。

「怎麼不是我的？要不是我把混了酒的蜜糖蘸到橙花上，你有那麼容易捉到這蝴蝶嗎？」

「你用什麼奸計是你的事。反正，這蝴蝶落入我的網中，按理就是我的啦。快讓開吧，還是你自己說過的，我走我的陽關道，你行你的獨木橋，各不相干！」

華老師的話音落地，便捧着網中的美鳳蝶，如獲至寶地大步走出橙樹園。

第十一章　華老師是雙面人？

　　醉醺醺，暈酡酡的美鳳蝶緊緊地閉着眼睛，感覺就像要死去，不！實在比死更難受，因為，她親眼看見這個世界非常醜惡的一面——醜惡的人類，做出醜惡的事情。

　　最令她深惡痛絕的，是外表美麗的華老師。萬萬想不到，她是一個好話說盡，壞事照做的傢伙，和惡魔似的瘦男人本質上並沒有什麼分別。都是陰險毒辣的蝴蝶捕手、蝴蝶殺手。

　　美鳳蝶十分悔恨，自己太天真了，不會帶眼識人，誤以為外貌漂亮的人類，自然會有一副好心腸。真是大錯特錯！更可悲的是現在自食其果，後悔也來不及了。她實在沒

有面目再見自己的同伴。也許，面臨死亡，就是最大的懲罰了。

「你好！我的小小美鳳蝶，你快動一下，動一下吧。我要你生氣勃勃，翩翩飛舞，那麼樣拍照片才好看呢。」

有兩種不同面孔的華老師，竟然喃喃地向美鳳蝶說話。

真不知她安的是什麼心。美鳳蝶一動不動，不想理睬她。

「可憐的小寶貝，你可別死去呀！我不喜歡沒有生命的死蝴蝶，那不好看。你快醒來，喝些水吧。」

她說着，即把一些冰涼的液體放到美鳳蝶的腳下。嚇得美鳳蝶一驚，睜開了眼睛。

這是什麼地方？

美鳳蝶發現，自己置身在一個完全陌生的環境——被放入寬闊的、有網蓋的透明膠盒中。透過盒壁，可以看見四周的布置，像是人類的住宅，但就掛着、貼着一張又一張的照片或圖畫，差不多都是飛翔着的蝴蝶。

華老師到底要把自己捉來做什麼？當她是試驗品嗎？

　　美鳳蝶不安地拍拍翅膀，站過一邊去。

　　「哈！謝天謝地，你還活着，還會飛呢。哈哈哈哈！」

　　女主人放聲大笑，美鳳蝶卻嚇得全身發抖。

　　「妹妹，你在做什麼？」

　　一個似曾相識的親切聲音，自外傳來。

　　美鳳蝶一看，跳了起來。走進來的，竟然是另一個華老師──和華老師長得一模一樣的年輕女子。

　　「姐姐。你來看看，活生生的美鳳蝶，正是我一直追尋的。多漂亮！多可愛！」

　　正在膠盒旁觀察美鳳蝶的「華老師」，

72

向剛進來的「華老師」說。

　「啊呀，妹妹！你怎麼能把這樣美麗的
生物活捉來據為己有？太不應該了，快把牠

放了吧。」

「放走牠？你怎能叫我這樣做？你知道嗎？這是我第一次活捉到蝴蝶，而且，要花多少心思和耐力，才能把牠弄到手？」

「這些我不清楚。但是，你明明答應過我，不會傷害這些美麗的生命。現在，你難道都忘記了嗎？怎麼能把蝴蝶活活地囚禁起來？」

「我原來也沒想到這樣做。後來，看見一個富有經驗的專業捕蝶人，他把酒混入花蜜引誘蝴蝶，讓牠們喝醉了再下手。我只是受到啟發，依樣畫葫蘆的。」

「什麼專業捕蝶人？那是環保破壞者！用酒誘捕蝴蝶，你不覺得這樣做太卑鄙嗎？怎麼能和他同流合污？不行，你快把這隻美

鳳蝶放了。要不然，就會傷害牠的生命呀！」

　　兩個「華老師」，從言語爭辯，發展到動手搶奪裝着美鳳蝶的膠盒，各不相讓。眼看從外面進來的那一個就要把膠盒搶到手了，捕捉美鳳蝶的這一個急得跺腳說：「姐姐，你不要搗亂。我求你了！我們大學藝術系的攝影展後天就要舉行了，這隻美鳳蝶是我的模特兒，我求你讓我把牠留下來。」

　　「不行。你的作品，應該到大自然中去創作，不能這樣人為的炮製。你也要知道，我常常教導我的學生，要愛護地球上的美麗生命。在懂得欣賞牠們的時候，更要懂得尊重牠們。我一定要以身作則，不能講一套，做的又是另一套，縱容你犯錯誤。」

　　接着二人又爭奪一番，膠盒落到捉美鳳

蝶的女子手中。

「鈴⋯⋯鈴⋯⋯鈴⋯⋯」

另一個「華老師」身上的手機忽然響起來，她只得接聽。「是你，何小言。什麼？」但見她的臉色一變，對着手機說：「又是那個活寄蝴蝶的壞蛋？他在飛機場？又要帶走一批活的蝴蝶？嗯，你們向海關報告？做得好！我馬上趕來。」

收起手機，她向捕捉美鳳蝶的女子揮揮手：「妹妹，別亂來，放了牠！」說完，匆匆地離去。

房裏只剩下那年輕女子，她像保護至愛的寶貝那樣，把裝着美鳳蝶的膠盒緊緊地捧到胸前，說：「漂亮的小寶寶，可愛的美鳳蝶！我是太喜歡你，才把你捉回家裏來的。

我絕對不會傷害你，只是想和你一起吃，一起喝，一起睡，一起拍照片，一起贏大獎！我還要你好好地活下去，飛起來！」

　　說完後，那女子小心翼翼地把美鳳蝶連同膠盒放到一個櫃子上，想一想，又說：「姐姐責怪我和捕蝶人同流合污，哼！她真是太過分了！不過，她說，作品應該到大自然中去創作，不能人為炮製，這話也許有點道理。不過，說來說去，她終歸是個教師，我還是個學生，她講的道理，老是沒完沒了。要我把你放了？我怎麼捨得呀？我的小寶貝！」

　　美鳳蝶困在膠盒中，只覺得頭昏腦脹。這一天，給她的驚嚇刺激太多太大了，她又睏又倦，漸漸地，什麼也聽不進，想不出，失去了意識。

第十二章　蝴蝶天堂

「美鳳蝶妹妹，別再睡了。快快飛！飛過來！」

在朦朧中，美鳳蝶聽到親切的呼喚，便努力地睜開眼睛，只見裳鳳蝶姐姐在翩翩飛舞。咦，她不是被瘦男人捉住的嗎？怎麼可以逃出來呢？

美鳳蝶再環顧四周，那個囚禁她的膠盒不見了。眼前，是一片湛藍的天，一片蔥綠的地。

「裳鳳蝶姐姐，我們現在都是自由的嗎？」

「當然啦，我們已經到了蝴蝶天堂——蝶樂園，誰也關不住我們。你快來這邊看看，

玩玩呀。」裳鳳蝶熱情地向她招手。

美鳳蝶半信半疑，實在不清楚究竟發生了什麼事，自己為什麼可以輕易地重獲自由，一下子來到這個藍天綠地的好去處。

「你還猶豫什麼？快快過來呀。」裳鳳蝶催促着。

美鳳蝶不由自主地向前飛了——

好一個嶄新的世界！這裏有千千萬萬種叫不出名字的奇花異草，欣欣向榮，引來數不盡的蝴蝶蜜蜂，還有綠寶石似的蜻蜓，紛紛飛來，就像是巨幅的活動織錦。

「這裏會不會有人類出現？他們會不會在花草中設陷阱，下毒酒？」

美鳳蝶還是不放心。

「絕對不會。這裏是蝴蝶的天堂，怎能

容得下可惡的人類！你看，連一絲人煙也沒有，放心玩好了。」

這時，有一隻非常巨大的蝴蝶飛過來，把半個花圍都遮住了。

美鳳蝶定睛一看，竟然是全世界最大的亞歷山大里亞后鳥翅蝶！

「連這巨無霸也來了，這裏可真是無疆界的蝴蝶樂園啊！」美鳳蝶興奮地叫起來。

「就是嘛。你還怕什麼呢？還不快快吃個痛快，玩個痛快？」后鳥翅蝶向她眨着眼睛說。

美鳳蝶頓時心花怒放，振動起四隻翅膀，輕鬆自在地朝着那后鳥翅蝶的方向飛去。

「你是我的，我捨不得放你走！」

亞歷山大里亞后鳥翅蝶突然一搖頭，變

成了捉她的華老師的面孔，伸手扯着美鳳蝶
的一隻翅膀。

「不要！放開我！」

美鳳蝶死命掙扎。

裳鳳蝶急急地追上來，伸手拉住美鳳蝶
的另一隻翅膀，說：「不！這是屬於我的。」

就在這瞬間，裳鳳蝶的頭上，露出另一
個華老師的面目來。

「放開我——」美鳳蝶痛哭失聲，一頭撞在什麼硬物上。

這是什麼地方？四圍硬邦邦的盡是透明膠壁。美鳳蝶把眼睛睜得大大的：原來，自己還是被困在膠盒裏，剛才的經歷，只是一場夢。

「妹妹，我說的那些，你都想通了嗎？」

美鳳蝶聽到有人在說話。她抬頭看，是華老師，她坐在膠盒旁邊。而膠盒，則仍被捕捉她的女子捧着放在膝上。美鳳蝶開始了解到，這女子應是華老師的妹妹。另外，還有些孩子，美鳳蝶認出，是何小言和王雅麗。他們的手上都捧着蓋了紗布的箱子。

「砵——」

一聲剎車聲，所有人都顛簸了一下。美

鳳蝶才明白，他們是坐在一輛正在行駛的汽車中。

對於華老師的提問，她的妹妹沒有立刻回答。她沉思了一會兒，又用手撫摸一下裝着美鳳蝶的膠盒，才輕聲說：

「我反反覆覆地想了很久，也想了很多。我捕捉蝴蝶，並不是要破壞生態環境，而是出於私人的需要。事實上是一種自私的行為。當我聽你說，那個專門捕捉蝴蝶來圖利的傢伙，原來殘害了許多美麗的生命，真是於心何忍？我不能跟他犯同樣的罪行。而且，我看到連你的學生，都比我更能分辨是非，尊重生命。我實在感到很慚愧。我根本沒有權利獨霸美麗的蝴蝶、蝴蝶的美麗。因此，要使這隻美麗的蝴蝶儘快回歸大自然，是我改

正錯誤的唯一正確途徑。」

「你能這樣想，很好啊。」華老師拍拍她的肩膀。

汽車繼續向前行駛了一段路，然後，停下來。

車上的人，一一下車。

美鳳蝶只覺眼前一亮，藍湛湛的天空，綠蔥蔥的大地，剎那間展現在眼前，正如她的夢境那樣。美鳳蝶心頭立即緊縮了一下。

「這裏就是鳳園蝴蝶保育區。」華老師一邊帶領大家走，一邊說。

「風景真優美。」大家邊看邊說。

「當然了，這裏是全香港以至全亞洲有名的賞蝶區。」何小言說。

「真的嗎？這裏的蝴蝶是不是有很

多？」華老師的妹妹問。

「多。大約佔全香港的蝴蝶品種七成以上。」王雅麗説。

「嘩！這麼厲害。你們都曉得，就我最落後，到現在才頭一次到這裏來。」

「有心不怕遲。只要你關心蝴蝶的生態，以後可以經常來。這裏每個星期天，都有不少大專學生自願來當義工呢！」華老師説。

美鳳蝶透過膠盒，看到滿眼的花花草草，還有她最喜愛的馬兜鈴、青藤等植物。怎麼回事？這景象和她的夢境越來越相似，也不知道是福還是禍，是喜還是悲？

「看！看！那是漂亮的巴黎翠鳳蝶！」華老師的妹妹跳起來，用手指點着説。

「不錯，那正是我們重點保育的蝴蝶品種。」一個男人笑瞇瞇地走過來，和華老師像老朋友似的握手。

「那是體型最小的燕鳳蝶，很珍貴的。」何小言在另一邊叫道。美鳳蝶也看見了，那的確是她家族中的小嬌嬌。

「鄧先生，我們帶來的蝴蝶都在這裏。」華老師說着，揭去了箱子上的紗布。

「是你？裳鳳蝶姐姐？」

「美鳳蝶妹妹，你也在這裏？」

隔着箱子和膠盒，兩個別後重逢的蝴蝶姊妹，悲喜交集。但她們來不及多說什麼，鄧先生向大家招手，「到這邊來。」

他引領着人們，走到一個植物最多，花草最茂盛的地方。

「美鳳蝶小姐，很高興在這裏看見你。快飛出來呀！」

「裳鳳蝶小姐，你可是貴客呀。歡迎！歡迎！」

多個聲音一起叫着。美鳳蝶只覺耳朵、眼睛都不夠用了。她認識的很多朋友，包括珀啡弄蝶、虎斑蝶、報喜斑粉蝶、苧麻珍蝶、電蛺蝶，甚至時時警惕看着人類的矍眼蝶也來了，更有成羣結隊的青斑蝶，蜜蜂、蜻蜓也到來了。天啊！難道自己的夢境就要成真？

「嘖嘖，這裏真是蝴蝶天堂！我可不可以在這裏拍照片？」華老師的妹妹問鄧先生。

「當然可以。你儘管拍吧，把我們保育的蝴蝶的美態都呈現出來。」鄧先生依然笑

眯眯地説。

「是。謝謝你！」她比拾到金子還要高
興。

華老師和同學們，還有她的妹妹，紛紛
把裝着蝴蝶的箱子、膠盒打開。

「自由了！自由萬歲！」

裳鳳蝶和其他獲釋的蝴蝶，高呼着飛上
自由的天空。

可是，美鳳蝶卻害怕地閉上眼睛：她不
願看見疑幻疑真的「夢境」，不敢想像這「夢
境」發展下去的結果。

「美鳳蝶，我的小寶貝，你怎麼不起飛
啊？是我傷害了你，令你再不能起飛了嗎？
真對不起，我，我，不該把你捉住……」

華老師的妹妹難過得哭出了聲。

88

「鄧先生，請你看看這隻美鳳蝶是不是關得太久，身體出了毛病？」華老師問。

「讓我看看。」

鄧先生拿起膠盒仔細看。

「嗨，美鳳蝶姐姐，你放膽飛出來吧。沒有問題的，這裏的人都很善良，你們都很

安全。」

這時，美鳳蝶聽見了同伴的說話。她把眼睛張開一條縫，看見青斑蝶小弟弟的眼神那麼懇切，不由心中一熱，翅膀隨即抖動了一下。

「動了！動了！美鳳蝶動了！」王雅麗和何小言拍起手來叫着。

「快飛出來，和我們一起去採花蜜吧。不要錯過重獲自由的寶貴機會啊！」裳鳳蝶召喚她。

鄧先生又把膠盒舉高了一些。

美鳳蝶深深地吸一口氣，提起四隻翅膀，鼓足勇氣，向上一躍！

「飛啦！飛啦！美鳳蝶飛上天了！」

何小言等同學開心得又跳又叫。

華老師的妹妹「撲哧」一聲，流着淚笑了。

　　華老師仰起頭，望着美鳳蝶哄説：「飛吧，飛吧，美麗的生命！這個美麗的世界，是我們共同擁有的。」

　　「喀嚓！喀嚓！」

　　她妹妹手上的照相機響個不停。

　　「跟我來！包管你們可以吃個飽，玩個夠。這裏比人類的迪士尼樂園還要精彩呢！」

　　説話的是巴黎翠鳳蝶，她以仙子般的優雅姿勢，帶頭高飛到花叢。美鳳蝶展翅跟上，感覺輕鬆自如。陣陣花香，沁入心脾。現在，她什麼都不再害怕了。

美鳳蝶

　　美鳳蝶可算是故事中最重要的蝴蝶之一呢！美鳳蝶果真蝶如其名，是一種美麗的蝴蝶，雌性的美鳳蝶翅膀上有白色斑紋。美鳳蝶全年常見，種類方面分為有尾型和無尾型兩大類，當中又以無尾型鳳蝶較為常見。

　　但你知道嗎，美鳳蝶這個品種可不只有美鳳蝶姐姐，也有美鳳蝶哥哥啊！也就是說美鳳蝶不只有雌性，也有雄性的。雄性的美鳳蝶翅膀是黑色的，翅基有紅斑，後翅較圓。牠們不像雌性美鳳蝶，是沒有翅尾的。

　　還記得美鳳蝶姐姐被華老師的妹妹抓起來嗎？原來雌、雄美鳳蝶的體型也很大，難怪會成為人們捕捉的目標了。

（鳴謝趙初中先生提供照片）

虎斑蝶

　　記得故事中虎斑蝶非常勇敢地趕去郵局救那些被瘦男人藏在郵包的蝴蝶嗎？想不到牠不但個性勇猛得像老虎，愛抱不平，就連樣子也與老虎有幾分相像。

　　除了美鳳蝶外，虎斑蝶又是另一種蝶如其名的蝴蝶品種，牠的翅膀呈鮮橙色，上有黑色的紋理，活像老虎身上的斑紋，顏色鮮豔。

　　可是，虎斑蝶還真的有着老虎的個性，牠一身鮮豔美麗的顏色原來是危險警示。牠身上鮮豔奪目的花紋是要告訴捕獵者牠們是有毒的，不要隨便靠近，是嚇退敵人的工具。

　　跟美鳳蝶一樣，虎斑蝶是全年可見的品種。

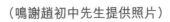

（鳴謝趙初中先生提供照片）

裳鳳蝶

　　故事中體態優美的裳鳳蝶姐姐不單有美貌，牠可厲害了，和牠的近親金裳鳳蝶是唯一受本港法例保護的昆蟲。

　　裳鳳蝶分雌、雄兩種，當中又以雌蝶體形較大。牠們身上會發出香氣，是一種很特別的蝴蝶啊。

　　與美鳳蝶和虎斑蝶不同，裳鳳蝶並不是全年也可見到的品種，只在三月至十一月可以見到牠們的蹤影。

（鳴謝 usmjack 提供照片）

新雅兒童環保故事集

飛吧，飛吧，美麗的生命

作　　者：周蜜蜜
繪　　圖：Kissy Foo
責任編輯：張可靜
美術設計：李成宇
出　　版：新雅文化事業有限公司
　　　　　香港英皇道 499 號北角工業大廈 18 樓
　　　　　電話：(852) 2138 7998
　　　　　傳真：(852) 2597 4003
　　　　　網址：http://www.sunya.com.hk
　　　　　電郵：marketing@sunya.com.hk
發　　行：香港聯合書刊物流有限公司
　　　　　香港新界大埔汀麗路 36 號中華商務印刷大廈 3 字樓
　　　　　電話：(852) 2150 2100
　　　　　傳真：(852) 2407 3062
　　　　　電郵：info@suplogistics.com.hk
印　　刷：中華商務彩色印刷有限公司
　　　　　香港新界大埔汀麗路 36 號
版　　次：二〇一七年六月初版

ISBN: 978-962-08-6798-9
© 2017 Sun Ya Publications (HK) Ltd.
18/F, North Point Industrial Building, 499 King's Road, Hong Kong
Published and printed in Hong Kong.